プリービアスライフ

小路 礼子

プリービアスライフ

太陽と月

ラブな風に吹かれて

目次

プリービアスライフ ……… 八
　第一章 ……… 一六
　第二章 ……… 二五
　第三章 ……… 三二
　第四章

太陽と月

プリービアスライフ

第一章

アンナはごく普通の女の子だった。平凡な毎日を送っていたが、どこか物足りなさを感じていた。

そんなある日、その日は朝から雨だった。アンナは高校の授業が終わって帰宅して、家の二階の自分の部屋でぼーっとしていた。そんな時、窓がなぜか自然にガラッと開いた。アンナは驚いて窓の外を眺めていると急に声がした。

「雨、すっかりあがりましたね」

黒いマントにとんがり帽子の魔法使いの服を着た、同い年ぐらいの青年が、ほうきに乗って宙に浮いていた。

「誰なの」

アンナはびっくりして叫んだ。

「驚かせて申し訳ありません。僕はあなたの・・・」

その青年の声をさえぎるようにして、また外から声がした。

「遅くなってごめんね」

そこにはやはり魔法使いの服を着た人間が、ほうきにまたがって宙に浮いていた。今度は髪の長い女だった。

「どこまで説明したの？」と、その女は言った。

「まだ何も」と、青年は答えた。

女はアンナに向かって話しかけた。

「私たちと一緒に来て。あなたに思い出してほしいことがあるの」

アンナは沈黙した。訳がわからなかった。

「とりあえず自己紹介しましょう。私はユウカ」

「僕はコウタ」

アンナは考えた。二人とも悪そうな人じゃないし、こんな普通の毎日うんざりするし、ついて行ってみようかなと。

そして、思いきって言ってみた。

「行きます」

ユウカは微笑みながらきいてきた。

「アンナはほうきに乗れないから、私かコウタのどっちの後ろに乗るのがいいかしら」

アンナは自分の名前を知っていることに、少し安心した。

そして、答えた。

「女の方。ユウカの方に」

コウタは指でOの文字を作り、「OK」と言って、ほうきで高い空へとひらりと飛びあがっていった。

「じゃあ、私の後ろに乗って」と、ユウカは言った。

アンナはおそるおそる二階の窓から、ユウカのほうきの後ろにまたがった。

「それじゃあ、行くわよ。いいかしら」と、ユウカは言った。

アンナは「はい」と、答えた。

ユウカはアンナを乗せて、高い空へと舞いあがった。

アンナは下を見た。家が段々小さくなっていって、街の風景が見えた。それが、もっと小さくなっていって、空の雲へと近づいていった。前を飛んでいっていたコウタが雲の中に消えた。

「アンナ、雲の中へ入るわよ」と、ユウカは言った。

そして、二人も雲の中に入った。

雲の中はしばらく真っ白だったが、少しして、ピンクのふわふわのトンネルに入った。飛んでいくと、やがて、薄紫色のシンプルでスッキリしたトンネルになった。夕焼け色だった。その中をどんどん進むと、次は、黒くて暗いゴツゴツとした岩のトンネルだった。

アンナは前を見つめた。小さな光の一点が見えた。それが、段々大きくなっていって、アンナたちは光に包まれた。

眩しいとアンナは思った。思いきって目を開け、下を見ると、そこには、森があり、馬が走っていて、無人島みたいな自然のある所をほうきで飛んでいた。白い石造りの家が建ち並んでいた。

ユウカは飛びながら言った。

「あの赤い屋根の家に行くのよ。ハートって名前の家よ」

アンナは居心地のいい所だなぁと感じていた。

二人はハートの家の前に着いて、ほうきを降りた。コウタがいて、ハートの家の赤いドアを開けてくれた。

ユウカとコウタが声をそろえて言った。

「ようこそ、アンナ。そしてお帰りなさい」

家の中には、髪の短い女の人がいて、挨拶してきた。

「カオリです。よろしく、アンナ」

アンナは返事をしなかったが、カオリが続けた。

「この機械のある部屋に入って下さい」

アンナはためらったが、カオリもいい人そうなので、思いきって部屋に入った。

部屋の中には、黒いマッサージチェアが置かれていて、銀のカンムリやメガネみたいな物に、黒い四角い機械から、線が何本もつながっていた。

「アンナ、そのイスに座って下さい」と、カオリは言った。

アンナがマッサージチェアにこしかけると、カオリはアンナに銀のカンムリとメガネをつけた。そして、機械のスイッチを押した。

アンナはユウカ、コウタ、カオリに見守られながら、深い眠りについた。

第二章

ピーチク　パーチク
小鳥のさえずりが聴こえる。

アンナは映像が見えた。今と同じ年齢ぐらいの、全く違う服を着たアンナがそこにはいた。

何でだろうとアンナは思った。

今さっき来た、無人島みたいな島の石造りの家に、別人のようなアンナは住んでいたのだ。

お父さんみたいな人が、別人アンナに話しかけていた。

「アンナ、今日は歌のレッスンの日じゃろう」

「はい。お父様」と、別人アンナは答えた。

そして、少ししたら、歌の先生がやってきた。

アンナは歌を口ずさんだ。

「アーメン　ジー　グレーイスー　」

歌の先生は途中で、歌をさえぎって言った。

「アンナ、歌はもっと心をこめて、心から歌うように」

アンナはその日の晩、ベッドで泣いていた。

お父さんが来た。

「どうしたのだい。アンナ」

「お父様。お歌なんてやめたいわ」

「よかろう。明日からは剣の稽古をしなさい。先生も、もう決めてある」
アンナは泣きやんだ。
そして、数日後の昼すぎに、剣の先生がやってきた。
「剣の先生じゃぞ」と、お父さんは言った。
剣の先生は言った。
「ナオキと申します。アンナさん、今日からよろしくお願い致します」
アンナはずいぶん年の若い先生だなと思いながらも
「よろしくお願いします」と、答えた。
ナオキは早速、剣の稽古の話をした。
「今は男でも女でも戦場で戦う時代です。戦場では銀の剣を使いますが、今日は初めてですので、木の刀でやりましょう」

そして、ナオキとアンナは木の刀で稽古した。

「少し休憩しましょう」と、ナオキは言った。

アンナは聞きたかったことを、聞いてみた。

「ナオキ先生は何歳なの？」

ナオキは答えた。

「多分、アンナさんの１コ上ですよ」

「そんなに若いのに、先生になれるの？」

「はい。まあ」

「普段は何されてるの？」

「戦場で戦ったりしてます」

「へぇー」

一カ月ぐらい経って、ナオキは銀の剣を練習してみようと言ってきて、ナオキとアンナは銀の剣で稽古した。

そんな稽古が続いたある日、ナオキはアンナに言った。

「アンナさん、僕のことを気に入っていただけているのならば、一緒になりませんか？」

アンナは突然のことにびっくりしたが、ナオキのかっこよさにひかれて

「ええ」と、答えた。

「それでは参りましょう」

「どこへいくの？」

「秘密の場所ですよ」

ナオキはアンナの手をひいて、細い道を進んでいき、二人は一緒に歩いていった。三〇分ほどしたら、まわりに木が増えてきて生い茂り、目の前に赤い屋根の赤いドアの家が現れた。

「ここはどこかしら」と、アンナは言った。

「ハートって名前の家ですよ」と、ナオキは答えた。

アンナはナオキに連れられて、家に入ると、そこには、ユウカとコウタとカオリとそれからもう一人いた。

「マナブと言います」と、その男は言った。

そして、「アンナさん僕たちの仲間になって下さい」と、言った。

アンナは戸惑ったが、段々、腹が立ってきた。アンナはナオキと結婚できると思って来たのに、こんなグループに参加させる計画だったことに怒りがこみあげた。

アンナはナオキに
「うそつき。こんな家に誘うためにだましたのね」とだけ言って、ハートの家を後に走り去った。

マナブが言った。

「ナオキ、ちゃんと話してなかったのか」

ユウカが言った。

「追いかけた方がいいわ。ナオキ」

ナオキはぱっと飛び出して走って、追いかけて、アンナに追いついた。ナオキはアンナの腕をつかんで言った。

「ごめん」

アンナは泣いていた。

ナオキは続けた。

「君をだますつもりじゃなかったんだ。僕はアンナにグループにも参加してほしいし、アンナのことを大切な人とも思ってる」

アンナはそれを聞いて泣きやんだ。

ナオキは言った。

「ハートの家に住んでくれるね」

アンナはうなずいた。

そして、二人はハートの家に戻っていき、みんなが温かく迎えてくれて、みんな笑顔になった。アンナはハートの家のメンバーとなり、一緒に住んだ。

第三章

　数日後、ユウカ、コウタ、カオリ、ナオキ、マナブ、アンナの全員で会議を開いた。

　マナブは言った。

「このハートの家では戦場で勝てる方を予測して、戦いに勝って、お金をもらって生活してるんだ」

　コウタが続けた。

「次のオリオン対アンタレスの戦いでは、おそらくアンタレスが勝つだろう」

　ユウカは悲しそうに言った。

「でも、オリオンに入って戦ってほしいの」

カオリは怒って言った。

「何でそんな事しなくちゃいけないの。アンタレスが勝つって決まってるのに」

ユウカは説得しようとして言った。

「オリオンに入ってる人たちは、私たちの食料品を安くで買わせてくれてる、八百屋の人や市場の人たちがいるの。だから、オリオンに協力して戦いたいの」

ナオキは言った。

「それじゃあ、オリオンにしよう。オリオンに入って戦って、勝てばいいいんだよ」

コウタは真剣な目で言った。

「勝ち目のない戦いになるかもしれないのに」

マナブは言った。

「まだ負けるなんて、わからないだろ」

カオリは言った。

「絶対、嫌」

一同は沈黙した。その沈黙をやぶって、マナブはまた口を開いた。

「もしこの戦いで負けて、全員死ぬようなことになれば、アンナはハートの家に入って日が浅いから、生まれ変わっても、このメンバーの記憶がよみがえることはないだろう」

アンナはびっくりして、何も言えなかった。どうして私だけと思った。

コウタは言った。

「ナオキ、それでもいいのか」

ナオキは黙った。

マナブは言った。

「よし5人で多数決をやろう」

アンタレスにつきたい人にコウタとカオリが手を挙げた。

オリオンにつきたい人にユウカとマナブが手を挙げた。そして、ナオキも遅れて手を挙げて言った。

「今まで僕らに優しくしてくれた市場の人たちを裏切れないよ。

オリオンにっこう」
「よし決まりだ。オリオンで。」と、マナブは言った。
ユウカは泣きながら、
「ありがとう」と、言った。
アンナは大粒の涙がでた。再びナオキに裏切られた気がした。
アンナは孤独感におそわれた。
ユウカがアンナの肩を優しく抱いて、
「ごめんね。アンナ」と、言った。
二人は泣いた。

一カ月後、戦いの日はきた。

一カ月の間、アンナとナオキはしゃべることはなく、剣の稽古はコウタがやってくれていた。

オリオン対アンタレス

戦いは始まった。

最初のうちは両者とも互角の戦いだったが、みるみるうちに、オリオンは兵が少なくなっていった。そして、ハートの家のメンバーも厳しくなっていった。

カオリが死にユウカが死んで、コウタとマナブが犠牲になった。

ナオキはアンナを最初から最後まで守り続けたが、ナオキも遂には力尽きてしまった。

アンナはナオキに感謝しながら、涙ぐんで、敵に斬られて最期を遂げた。

第四章

アンナはマッサージチェアで目が覚めた。

ユウカ、コウタ、カオリの他に、そこにはナオキとマナブもいた。

マナブが言った。

「ナオキ、言いたいことはないのか」

ナオキは黙っていた。

アンナは涙ながらに言った。

「ナオキ、ありがとう」

ナオキはそれを聞いて言った。

「アンナ、本当にごめん」

ユウカは明るい声で言った。

「ナオキはアンナの１コ上だから、もう大学生なの。アンナも頑張れば、同じ大学に入れるわ」

アンナはそんな夢と現実の世界が、一緒になるのかと疑問だったが、うれしかった。


カオリは言った。

「二人の結婚式をしよう」

ユウカは言った。

「そして私たちの結婚式も」

ユウカとマナブは手を取りあい、
コウタとカオリも腕を組んだ。
アンナはナオキと見つめあって微笑んだ。

三組のカップルは誓いの言葉を述べ、指輪の交換をして、誓いのキスをした。

その瞬間、アンナは再び目が覚めた。目を開くと、そこは自分の部屋でアンナはベッドに横になっていた。
家の外はすっかり明るくなっていて、よく晴れた朝だった。
「学校、行かなきゃ」と、アンナはひとりごとを言った。

そして、アンナはナオキのいる大学に行くための勉強をしようと決心した。

太陽と月

第一章

昔、昔、その昔。ある小さな島国は二つの国に分かれていた。北に太陽の国、南に月の国。

太陽の国では、つい先程、国王が死に、その娘がそのあとを継いで即位したところだ。その名も、トビリ姫。

月の国は下剋上の天下である。政権を覆し、実権を握っていた国王を倒して、ある一人の家来だった若者が王となったばかりだ。その王の名はカケル。

第二章

太陽の国のトビリ姫の父は国王だった。トビリ姫の母は国王の正妃だったが、トビリが幼い時に死に、二番目の妃、ターチが女王の座に就いていた。ターチ女王には子供が一人いた。マイク王子だ。トビリよりも年下で少年だった。

トビリの父は病気で死んだ。トビリは父が大好きだったので、父が死んで泣き崩れた。あとを誰に継がせるかで議論になった。

トビリの父は生前より言っていた。

「トビリにあとを継がせよう」

遺言書にもそう書いてあった。

しかし、ターチ女王は言った。

「マイクに王権を継がせます。是非、賛成を」

事態は深刻になった。遂には戦争にまで発展した。

トビリ姫　対　ターチ女王とマイク王子
トビリには、トビリの叔父にあたる右大臣のザラスが、味方にいた。

トビリ姫は言った。

「これより戦争を始めます。みなさん出陣を。頑張って下さい」

戦争でたくさんの兵士の血が流れた。結局は、左大臣もトビリ側についたため、トビリ姫が勝った。太陽の国はトビリ姫の即位が誕生となった。

この島国全体で、始まって以来、初めての女帝誕生となった。
ターチ女王とマイク王子は戦争に負けると、悔しさのあまりに発狂した。
「悔しい。あの娘、いずれ亡き者にしてやる」と、ターチは言った。
「この仕返しは必ずする」と、マイクも言った。
しかし、少しすると、ターチとマイクはトビリの前にひざまずいて言った。
「私、ターチと息子マイクはトビリ姫に、全面協力したいと思います」

「トビリ姫。裏切るような行為はもう二度としません。どうか、お考えお願いします」と、マイクも言った。

反対勢力にはならず、協力すると言いだしたのだ。

これにはトビリは驚いたが、二人の礼儀正しい様子を見て、安心した。

トビリはにっこりと笑って言った。

「わかりました。受け入れましょう。とてもうれしいことです」

トビリは非常に喜んで、快く受け入れた。仲良くなれたことが幸せだった。

ターチは女王を引退し、マイクは第一家来となった。

太陽の国はトビリ姫を中心にして、新しくスタートした。

「私、トビリと共に、太陽の国を繁栄させましょう」

第三章

一方、月の国。カケルは国王の有能な家来だった。カケルは国王に不満をもつ者をなるべく集めて、勢力をつくった。

「僕をこの集団のリーダーにして欲しい。そして、国王を一緒に倒そう。絶対に勝てるから、僕に賭けてついてきてほしい」

カケルは頭が良く、戦いも強く、カリスマもあった。仲の良い、忠誠を尽くす家来のウォーグがいた。二人は、子供の頃から友達だったが、ある時、ウォーグがカケルに言った。

「おまえには才能があるよ。国王、目指せよ。そして、俺を家来にしてくれよ」

カケルはそれを聞いて笑って答えた。

「おまえ、おもしろいな。いいぜ。一緒に目指そうぜ」

こうして、二人は友達から、主人と家来の関係となった。


カケル率いる反対勢力集団は国王に夜討ちをかけた。

「やぁぁぁー」

「国王、夜討ちにございまする。避難を」

国王軍の大数に対し、カケル集団は少数だったが、接戦の末、国王の首を討ちとり、カケルは見事に勝った。

月の国の市民は驚き、みんなカケルを賛美した。最年少王だった。

月の国はカケルを国王として、新しくスタートした。
「みんな、月の国の発展を共に頑張ろう」と、カケルは言った。

第四章

太陽の国も月の国も、国の状勢はうまくいっていた。二つの国は共に繁栄していた。

日中は太陽がさんさんと輝き、夜は月がしっとりと輝いていた。

余裕のでてきた月の国の王カケルは、太陽の国のトビリ姫に興味を持ち始めた。

「女帝なんかすぐに倒せる。これより戦争をして、国を統一したいと思う」

ウォーグもそれに賛成した。

「それでは兵を集めて参ります」

向かうところ敵なしのカケルはトビリに戦いを仕掛ける。

「うぉぉぉー」

戦いの火蓋が切って落とされた。

ザラスはトビリ部屋の前まで走ってきて、ドアの前にひざまずいて言った。

「トビリ姫、月の国のカケル王が攻めて参りました」

部屋に一人きりでいたトビリは落ち着いた様子で言った。

「すぐに戦いの準備を」

カケル王の月の国の第一軍と、トビリ姫の太陽の国の第一軍は、正面衝突した。太陽の国の第一軍は、月の国の第一軍を撃破した。

そして、そのまま突っ込み、第二軍と第三軍がそれに続いた。

そうこうして、戦いが進み、月の国は太陽の国に敗れた。カケル王はトビリ姫に大敗したのだ。

「全軍、退却」と、カケルは叫んだ。

カケルは戦いに負けて、プライドが傷ついた。

「女帝に負けるとは」

カケルは悔しがった。

そして、自国をなんとか建て直し始めた。

トビリの方は勝利のパーティーをおこなっていた。

「トビリ姫、ばんざーい」

カケルは自国、月の国を建て直した後、少人数の家来を従え、太陽の国のトビリに、直接会いに行った。

太陽の国に入ったのち、トビリ姫の城の門の前で、ウォーグが言った。

「わが月の国の王カケル王が、トビリ姫にご面会をお願いしたく参りました」

ザラスはトビリに報告した。

「月の国のカケル王が直接会いに参りました」

「許す。通せ」

トビリはすぐに承諾した。

トビリが大広間に行くと、カケルがひざまずいていた。
「顔をあげよ」と、トビリは言った。
カケルは顔をあげて、二人は初めてお互いを見た。

カケルはトビリの美しさに驚く。トビリはまばゆいばかりの宝石を身につけ、ピンクの羽織をまとい、ピンクのドレスを着ていた。顔は色白く、金髪を結い上げて、整った顔だちをしていた。
トビリはカケルが自分と同い年ぐらいの青年だったことに驚いた。カケルは青いナイトの服を着て、腰に銀の短剣をさしていた。顔はかっこよく、金髪で切れ長の目をしていた。

カケルが最初に口を開いた。

「さすがは今は亡き太陽の国の国王の娘、トビリ姫。あなたには完敗致しました。これからは攻めようなどとは思いませんので、お互いを無視し、自国を繁栄させていきましょう」

トビリは答えた。

「月の国の前国王を倒した才能とカリスマ性を見込んで、その言葉、信じようぞ。お互い関係をせず、自国を発展、向上させていこうぞ」

そして、二人の交わした言葉通り、太陽の国と月の国との間で、お互いの国同士で無視が続いた。両国はまた、何事もなかったかのように、繁栄し始めた。

太陽は自ら光を放って輝き、月は太陽の光によって光輝いていた。

第五章

ある時、カケルはウォーグから、太陽の国の内部事情を聞く。

「カケル王。太陽の国の内部では、トビリ様を殺そうという、ある計画がございまして・・・」

「どのような」と、カケルは聞き返した。

ウォーグは説明した。

「それが、太陽の国では、昔、女性の地位が低かったのでございます。そのため、女性の地位を一旦上げて、神への捧げものとして、その女性を火あぶりにして、自国安泰を願うという儀式が行われていました。それを、元女王ターチとその息子マイクが、トビリ様に実行しようとしているのでございます」

「トビリに危険がせまっている。すぐに手紙を書いて知らせよう」

その日、カケルはトビリに手紙を書いた。その手紙はすぐに、トビリのもとへ送られた。


ザラスは手紙を持ってトビリに報告した。

「トビリ姫。カケル王より手紙にございまする」

「読みあげよ」と、トビリは平然と言った。

ザラスは手紙を声に出して、トビリに読みあげた。

太陽の国のトビリへ

月の国のカケルより

元女王ターチと元王子マイクが、ある計画を実行しようとしている。その計画とは、古い昔の太陽の国の儀式を再現して、トビリを殺そうというものである。

一旦、女帝にして、身分を上げておいて、自国安泰を永遠のものにするために、トビリを火あぶりにして、神への捧げものにしようとしているのだ。

マイク王子の復活を胸に、二人は今も生きているようだ。このままでは二人の思う壺になりかねない。

二人と戦うのであれば、ぜひ、協力させてほしい。

以上

「どうしますか。トビリ姫」

ザラスは心配そうにきいた。

「ばかばかしい。確かに、昔々、そのような儀式があったが、あの二人がそのようなことを計画しているはずがない。二人とも、私に尽くしてくれている」

トビリは手紙を相手にせずに答えた。

「そんなことより・・・」

トビリは話を続けた。

「太陽の国と月の国との関係を、カケル殿が理解していないことが気にかかる。島に人間が生まれた時から、太陽の国と月の国に分かれていたのだが、二つの国では争いが絶えなかった。お父様の時に、ようやく、二つの国の間に争いが消えたというのに。このように協力して、仲良くしようなどとはばかげたことを」

「いかにも」

ザラスは相づちをうった。

「それにしても、カケル殿自体が、私を殺そうとした。信用などできるはずがない」

トビリは苦々しげに言った。

「その通りでございます。私どもの悪はと申しますと、カケル王の方にございまする。手紙には何と書きまするか」と、ザラスは言った。

「私が書く」と、トビリが言った。

月の国の王カケル殿へ

太陽の国の姫トビリより

手紙の内容は誠にばかばかしく、信用できません。私は二人とはうまくいっていますので、問題ございません。

そんなことよりも、私とあなたとの関係を、しっかりしてほしいところです。古代から争いが絶えなかった、太陽の国と月の国。どれだけ多くの犠牲者が出たかは、知ってなさるものと存じあげます。

私はどんな方よりも、私を殺そうと攻めてきたあなたを許せません。仲良く協力なんてできるわけもございません。

私の心がわかってくれたなら、幸いです。

以上

トビリの手紙はすぐにカケルのもとに届き、カケルはこの返事を読むと、泣きだした。

「うっ、うっ、うぇっぐ」

カケルの目から大粒の涙がこぼれた。

カケルはひどい罪悪感とともに孤独感に襲われ、泣き続けた。

「僕はなんてことをしてしまったんだろう。太陽の国を攻めるなんてするべきではなかった。トビリを怒らせても、無理もない。僕のことを信用してもらえないなんて、僕はどうすればいいんだろう」

「太陽の国とは関わりになりませんように」と、ウォーグは言った。

昼間のかんかん照りの太陽も沈み、時刻は夜を過ぎ、月が出ていた。その月が太陽のように大きく、赤く染まっていた。

第六章

数ヵ月後、太陽の国の内部で、カケルの言った通りに、事件は起こった。夕方だった。

ターチとマイクは永遠の安泰を約束に、トビリを捕まえて、神への捧げものとして火あぶりにしようと言って、左大臣を自分たちの味方に寝返らせた。

ターチとマイク　対　トビリ

戦争は起こり、兵士は半分半分に分かれて、接戦となった。

トビリ側のある家来が言った。

「トビリ姫。王権をマイク様にお譲りになさったら、どうですか」

トビリはカケルの言う通りになってしまったと思いながらも、平然として言った。

「それはできない。今は戦争するしか道はない」

戦争は段々と展開し始めた。


ザラスは慌てて、トビリに報告した。

「トビリ姫。家来が次々と裏切って、ターチとマイク側につき始めました」

「何で・・・」

これには、普段から冷静なトビリも慌てた。

トビリ側は数十人の兵士だけとなった。

やはり、女帝にカリスマはなく、父の存在が大きかったのだ。国王であった父への忠誠心でトビリに従っていた、多くの家来や兵士に裏切られた。ターチとマイクの神への捧げものの作戦の効果の威力はすごかった。

トビリに忠誠する味方の兵士は、もとから数十人しかいなかったのだ。

トビリとザラスと家来は城の中を敵に追われた。トビリも刀を持って、ピンクの羽織のまま戦った。

ターチはトビリ側に要求した。

「トビリよ。おとなしく、神への捧げものになれ」

マイクは城に火を放ち、城の周囲を取り囲んだ。

「トビリを捕まえろ」と、マイクは大声で言った。

城の中で戦っていたトビリたちは、城の外へと避難した。トビリは必死に逃げ、必死に戦った。

城は赤々と燃え、夜空に火の明かりが浮かびあがった。

城の外でトビリの数十人の兵士とターチとマイクの千人の兵士が戦った。一人一人と、トビリ側の兵士が死んでいった。

トビリとザラスは敵と戦いながら、馬に乗って逃げようとした。トビリの振り上げた大きく太い銀の剣が、炎の色に染まり、血の色に染まった。

弓矢が飛び交い、剣と剣がぶつかりあった。

いつしかトビリは、無我夢中で馬で走って、逃げ惑ううちに、ザラスと二人きりになっていた。

ザラスは太陽と月の国境付近になると、トビリに言った。

「月の国に行きなさい」

「一人では嫌」

トビリは首を振り、泣きだした。

「早く」

そう言うと、ザラスは後ろに向きをかえて、敵の中へ馬で突っ込んでいった。

トビリは前だけ見て、馬をとばした。

ザラスは多数の敵に対して、一人で戦った。何十人も斬り、遂には、やりで右胸を貫かれた。それでも戦い、馬から落ちて、数人の兵士に刺し殺された。華のある最期だった。

トビリは太陽と月の国の国境の門に着くと、門をたたいて言った。

「開けて。開けて」

門の上にいた門番はびっくりして、トビリを見た。トビリの羽織は血の色で赤く染まっていた。

「私は太陽の国の姫、トビリ。今すぐにここを開けなさい」

「ははっ。ただいま、開けまする」

門番はすぐに門を開けた。門が開くと、トビリは馬を走らせ、夜の静けさの中、カケルのいる城を目指した。

少しすると、太陽の国の左大臣たち兵士が、国境の門に到着して、門番に言った。

「この門を開けよ」

「それはできません」と、門番は答えた。

「それならば、トビリをすぐに返せ」

左大臣は勇ましく言った。

トビリはカケルのいる月の国の城にたどり着き、扉をドンドンと、たたいて言った。

「カケル殿に面会したく参りました」

ウォーグはこのことを家来から聞くと、すぐにカケルに報告した。

「トビリ様がカケル王に面会を求めて来られています」

「何ということだ。すぐに通せ」

カケルは飛び起き、すぐに着替えた。

トビリは城の中へ通され、大広間へと連れて来られた。

カケルはトビリを見ると言った。

「すぐにケガの手当てを」

トビリは体中に切り傷を負い、出血していた。

カケルは太陽の国で何が起こったのか、一瞬でわかり、理解した。

ウォーグがまたカケルに報告した。

「太陽の国の左大臣がトビリ様を、すぐに返すようにとのことでございまするが」

「そんなことは断じてしない。拒否せよ」と、カケルは強い口調で言った。

「ははっ。かしこまりました」

ウォーグは伝達に行った。


太陽の国ではトビリの城は無惨に全焼していて、黒く崩れさっていた。

別の城ではターチとマイクがトップの席に座っていた。

「ターチ様、マイク様。月の国の使者が来ております」

「通せ」

ウォーグはターチとマイクの前にひざまずいて言った。

「申し上げます。我が月の国はトビリ様を返せないとのことにございまする」

「それはかくまうということか」

ターチは驚きと怒りがまじった声をあげた。

「はい。さようでございまする」と、ウォーグは言った。

「ならば、戦争だ。トビリは大事な捧げものだ。そう伝えよ」

マイクも怒って言った。

「ははっ」と、言って、ウォーグは帰った。

月の国ではトビリが手当てをうけ、カケルが話しかけていた。

「よく僕のところに逃げてきてくれた」

「叔父の指示です」

トビリは淡々と答えた。

「叔父様もトビリが生きていることを喜んでいるだろう」

カケルは優しく言ったが、トビリは答えなかった。

トビリは涙ひとつこぼさず、冷めた目をしていた。

しばらくすると、太陽の国から、ウォーグが戻ってきた。

「申し上げます。トビリ様をかくまうのならば、戦争にとのことでございまするる」

ウォーグが続けて言った。

「恐れながら申し上げます。トビリ様を差し出した方が、自国のために良いのではないかと思われまする」

「うるさい。そんなことはさせない。戦争だ」

カケルはどなった。

トビリは目を見開いて言った。

「月の国に迷惑をかけることはできません。私が戻ります」

「大丈夫」

カケルはトビリにそう言い、家来たちに向かって言った。

「トビリは太陽の国の神への捧げものにされる。その捧げものを我らが引き取って、女神として迎えようではないか。女神を守るために太陽の国と戦ってくれないか」

「もちろんでございまする」

家来たちはカケルの提案に賛成した。

トビリはあっけにとられたが、カケルは微笑んだ。


太陽の国と月の国は全面戦争になった。

月の国は順調に勝ち進んだが、トビリはカケルに言った。

「もう十分です。引き分け願いを出して下さい。叔父のザラスのかたきはとりました。終戦を」

カケルは真剣な顔で言った。

「二人で力を合わせて、国を統一させようではないか。どうだい。トビリ」

トビリは首を振って言った。

「それはできません。私はもう死ぬつもりです。何もかも失いました」

カケルも首を振って言った。

「君はまだ若い。自分の人生を歩んでみたらどうだろう。僕に協力してくれないか」

「ごめんなさい」

トビリはカケルの前で、初めて泣いた。

カケルは続けて言った。

「僕は君が死ぬことを許さない。君が死ぬ必要なんてないだろう。

それに僕は今、君を失ったら、立場を追われることになる。君を女神として、今の戦いがあるのだから」

トビリは戸惑ったが、カケルの目を見て言った。

「それならば、あなたに恩返しするために戦います」

トビリは凛として美しかった。

カケルとトビリは協力して勝ち進んだ。驚異的な強さで、月の国は太陽の国を追い詰めた。

ターチとマイクの城の中まで、月の国の兵士が入り込んだ。そして、見事にターチとマイクの首をとった。戦争は終わった。

国は島に人類が誕生して以来、初めて統一された。

月の国の市民は喜び、太陽の国の市民もカケルとトビリを見て、従うと言った。

そして、みんな仲良くなり、国は一つとして、繁栄した。

まるで、月が自ら光を放っている太陽のように輝き、きれいな丸い満月だった。

第七章

一時はトビリを女神として迎え、太陽の国を相手に戦った兵士たちだったが、やはりトビリに反対する者もいた。そんな兵士たちが反対勢力をつくり、以前にカケルがそうしたように、国王のカケルを討とうとした。

「カケル王。反対勢力でございます」と、ウォーグは言った。

「望むところだ。すぐ戦いの準備を」

カケルは堂々として言った。

戦いは始まった。

トビリはカケルの隣にいた。トビリは罪悪感に襲われた。自分のせいで争いが起こっていると思い、気持ちが沈んだ。

「君のせいじゃない。下剋上なんて、珍しくない争いだ」

カケルは落ち込むトビリを見て、優しく言った。

「でも、私が女神だから・・・」

トビリは不安におしつぶされそうになって泣いた。

「また前みたいに協力してくれるね」と、カケルは言った。

「うっうっうぇっん」

トビリはただただ泣いた。

「君の協力が必要だ。トビリ」

カケルは強く言った。

「うっうっ。必要ならば、従います。王」

トビリはやっとの思いで言った。少し強くなっていた。
カケルとトビリは前みたいに協力して、反対勢力に対抗した。
無事勝って、場を治めた。
太陽は橙色に輝き、月は黄色に輝いている。

第八章

その後は平穏な日々が続いた。

ある時、カケルがトビリに言った。

「いつまでも女神のままでいてほしくない。結婚しよう。トビリ」

トビリはびっくりした。カケルの優しさにいつしかひかれていた。しかし、断った。

「結婚できません。私は月の国の人間ではありませんから」

「国はもう一つになった。月の国とか太陽の国とか関係ないだろ。ぜひ、トビリを妃として迎えたいんだ」

カケルは強い想いをぶつけた。

トビリはカケルに助けられて、救われて以来、カケルのことを信頼していたし、自分がばかだったと感じていた。そして、自分の人生を歩んでみようと思っていた。

トビリはポロポロと泣き崩れた。緊張の糸が切れた。

「トビリ、君が好きだ。結婚しよう」

カケルはもう一度、深く言った。

「私も好きです。でも・・・」

トビリは素直に言ったが、その場を立ち去った。

トビリは部屋に戻り、一人で考えた。窓辺で物思いにふけった。父のこと、叔父のザラスのこと、ターチとマイクのこと、太陽の国と月の国のこと、そして、カケルのこと。

そうして、今までの人生を否定することなく、また姫として生きたいと思った。何よりもカケルの側から離れたくない、幸せになりたいと思った。カケルみたいな人には、今まで出会ったことがなかったし、今やもう、どうしようもないくらい大切な人だった。

トビリは部屋から飛び出し、羽織の裾をなびかせながら、大広間の中央を走り抜け、檀上にいるカケルに抱きついた。

「私は、私を妻にして下さい」

トビリは息をはずませながら言った。

「ありがとう。トビリ。君のことが僕にとって、一番大切だよ」

カケルはトビリを抱きしめながら、ゆっくりと言った。

「ありがとう。私、あなたに会えてよかった」と、言ってトビリは号泣した。

こうして、トビリは女神からカケルの妃となった。市民も兵士もみんな喜んだ。

統一されたこの国は、星の国と呼ばれ、この平和な国で、国王カケルとその妃トビリは、いつまでも幸せに暮らしましたとさ。

紺色の夜空いっぱいに、たくさんの澄んだ星が光り輝いている。

ラブな風に吹かれて

第一章

双子の姉妹のダリアとルリアは、ずっと二人一緒に育ってきて、一緒の学校に行き、高校生になった。

ダリアとルリアは双子ゆえに顔がそっくりで、髪形も同じだったし、服もおそろいだったが、性格が違っていて、正反対だった。

姉のダリアは、明るく、元気で、はきはきしていて、しっかり者だった。

一方、妹のルリアは、はずかしがり屋で、おとなしくて、あまりしゃべらない、物静かな子だった。

ダリアとルリアは高校で一緒に合唱部に入った。声の高いダリアはトップソプラノ、声の小さいルリアはメゾソプラノにふりわけられた。

合唱部のテナーの先輩でかっこいい先輩がいた。歌がうまくて、輝いていた。そのケンタ先輩はルリアのあこがれの先輩だった。

ダリアはルリアのそんな気持ちを察して、なかなか自分で行動できないルリアを見て、ケンタ先輩とダリアとルリアの三人で、話す機会をつくってくれた。三人は歌の自主練習の、先輩から後輩へのレッスンとして、合唱部の部屋に入った。

ケンタ先輩は双子にちなんで言った。

「二つにつながっているさくらんぼは双子で、一方は女の子で、もう一方は男の子で。双子のさくらんぼの名前は女の子はさくらちゃん、男の子は「んぼ」くん。さくらちゃんと「んぼ」くんはいつも一緒で、二人は仲良しだった。さくらちゃんはかわいい女の子だったが、「んぼ」くんはいつも出席番号が一番最後の、泣き虫な子だった。二人は一緒に食べられた」

ダリアもルリアもおもしろくて、おかしくて、笑った。

ルリアはケンタ先輩がかっこよくて、歌がうまいうえに、おもしろくて、いい先輩だなぁと思った。

第二章

そんなある日、ダリアはルリアに、同学年のサッカー部のタクトとつきあっているのと話した。

ダリアとルリアはいつも一緒とはいえ、クラスは違ってきたので、ルリアはダリアに彼氏ができたことにちょっとびっくりしたが、そんなことがあっても不思議はなかったし、さすがだなぁと思った。

早速、ダリアはタクトをルリアに紹介した。タクトはサッカー部の同い年で親友のヘキヤを連れていた。

「サッカー部でタクトはミッドフィルダーで、ヘキヤはフォワードなの」と、ダリアは紹介した。

しっかりしていて、男らしいかんじのタクトは司令塔の役目のミッドフィルダーを任されていた。足が速くて、俊敏で、優しいかんじのヘキヤはフォワードにふさわしかった。

タクトはルリアを見るなり言った。

「双子で顔が同じなのに、性格が全然、違うんだな。ダリアはすごく明るいのに、ルリアはさっぱりおとなしいな」

ヘキヤは優しく言った。

「双子でも性格は違うことが多いんだよ。ダリアちゃんもルリアちゃんも二人ともかわいいよ」

ルリアはそう言われて、ダリアがよくこんなはっきりしたことを言う性格の男性のタクトを好きになって、つきあえたものだなと思った。自分には絶対無理だと思いながら、ヘキヤにはかわいいと言われてうれしかった。

ルリアはタクトの言葉で落ち込みそうだったが、ヘキヤの言葉に救われた。

ルリアはダリアよりも目立たないことに、劣等感をいだいていた。何をやっても昔からダリアの方がかわいがられていたからだ。

第三章

高校内であるうわさが広まった。タクトが、サッカー部の先輩マネージャーのマリミ先輩とデートしているところを、目撃した人が何人もいたのだ。

マリミ先輩はとても美人でスラットしていて、髪が長く、女性らしくて素敵なかんじだった。

ダリアは怒って、マリミ先輩に直接、文句を言いに行った。

「タクトとつきあっているのは私よ」

ダリアは強い調子でマリミ先輩に言った。

マリミ先輩は返した。

「タクトと一回くらいデートしたからって何よ。私だって迷惑しているのよ。私には、れっきとしたケンタって彼氏がいるのよ」

ダリアはそれを聞いて、ルリアに報告した。

「ケンタ先輩はマリミ先輩とつきあっているんだって」

ルリアはそれを聞いてショックだった。

美男美女カップルに、ルリアはお似合いだなぁと思い、何とも言えない気持ちになった。

ダリアは今度はタクトに文句を言おうとした。

タクトはなぜかルリアも来るように言って、呼び出した。

タクトは「ハッピーバースデー」と言って、月の形の入っているブレスレットと星の形の入っているブレスレットを、二人にプレゼントした。

「双子だから、誕生日が一緒だもんな。これ探すために、マリミ先輩に店きいて、つきあってもらってただけだよ」と、タクトは言った。

そして、ダリアに月のデザインのを、ルリアに星のデザインのを渡した。

ダリアは機嫌を少しなおしたが、タクトにありがとうも言わずに、言った。

「もっとかわいい、ハートとかリボンとかお花のデザインのは、なかったの」

タクトは真剣な顔で言った。

「月は太陽の光で輝く、とても大きく輝いている天体で、地球の周りを回っている衛星だけど、星はとても小さいけど、自ら光を発して輝いている恒星と言って、ずっと同じ場所で輝き続けているんだ」

そして、タクトはルリアだけに言った。

「自分に卑下することなく生きな」

ダリアは口をだした。

「タクト、私に謝りなさいよ」

「誤解だって言ったろ」と、タクトは言った。

ルリアはタクトが本当はとてもいい人だったことに驚いた。いつもダリアに負けた気しかしてなかった心が、温かくなったのを感じた。

ルリアはタクトに「ありがとう」とだけ言った。

ヘキヤがやってきて、言った。

「いつもタクトがいいところをもっていっちゃうから」

ヘキヤは笑って続けた。

「昔々、何も魔法の使えない魔女がいたんだ。その魔女は修行に励んだが、結局のところ難しい魔法が使えるようにはならなかった。でも、一つだけ、素敵な魔法を使えるようになった。それは、流れ星を流す魔法を覚えたんだ。その魔女の魔法で流される流れ星を見て、人々は幸せな気持ちになったんだ」

「何だ、その話」と、タクトは言った。

ヘキヤはルリアに言った。

「タクトはいい男だろ。好きになったかい」

ダリアは割って入った。

「タクトは私の彼氏よ。いい男、選んだでしょ」

ルリアは慌てて言った。

「タクトさんを好きになるなんて、そんなことないですよ。私、タクトさんみたいに白黒はっきりしている人より、ヘキヤさんみたいな優しい人の方が好きです」

「ありがとう。それって告白かな」と、ヘキヤは言った。

ダリア、ルリア、タクト、ヘキヤの四人は仲良くなった。
辺りは風が吹いている夕暮れ時の、涼しい時間帯で、空には、
夕焼けがきれいに見えた。

プリービアスライフ

2015年1月30日　初版第一刷発行

著者　　小路 礼子

発行所　ブイツーソリューション

〒466-0848 名古屋市昭和区長戸町4-40

電話　052-846-8282

ＦＡＸ　052-799-7984

発売元　星雲社

〒112-0012 東京都文京区大塚3-21-10

電話　03-3947-1021

ＦＡＸ　03-3947-1617

印刷所　藤原印刷

万一、落丁乱丁のある場合は送料当社負担でお取替えいたします。

小社宛にお送りください。

定価はカバーに表示してあります。

ISBN 978-4-434-20156-1